Ru

搖籃曲

Kim Thúy

金翠——著

周桂音——譯

Ru

法文的ru，意指「小溪」，亦可比喻「流淌（譬如流淚、流血或金錢的流通）」（《羅伯歷史辭典》〔*Le Robert historique*〕）。越南文的ru，意指「搖籃曲」、「搖籃般的撫慰」。

獻給家鄉的人們

我誕生於新春攻勢戰役期間*，當時是猴年的春節，家家戶戶門前掛著長長的爆竹，鞭炮的聲響背後襯著的，是衝鋒槍的槍聲。

我在西貢誕生時，爆竹炸裂的千枚碎屑染紅地面，像櫻花的花瓣，也像兩百萬士兵的鮮血。越南撕裂成兩半，士兵們在城市與村莊大舉出動、四處分散。

我誕生於天空的暗影之下，天上滿布煙火，掛著閃亮的燈飾，火箭砲與彈藥來回穿梭。我來到人世的任務，是要取代逝去了的生命。我的生命背負一項任務，就是延續我母親的生命。

* 譯註：新春攻勢（l'offensive du Têt）是越南戰爭規模最大的戰役之一，起於 1968 年 1 月 30 日北越對南越發動的攻擊。

我名叫阮安婷（Nguyễn An Tịnh），我母親則叫做阮安庭（Nguyễn An Tĩnh）。我的名字只是她名字的微調，只有母音 i 下面的一個小點標示我和她的不同，讓我得以和她區隔、分辨。我是她的延伸擴展，就連名字的含意都是如此。在越南文中，她的名字意思是「安和的環境」，我的則是「安和的內在」。我們的名字幾乎可以互換，我母親藉此確認我是她的延續，確認我會接續她的生命史。

而越南的歷史，正史，讓我母親的計畫失敗了。三十年前，歷史逼我們橫渡暹羅灣時，便將我們名字裡的聲調符號給丟進水裡。歷史剝奪了我們名字的意義，讓它們只剩下讀音，在法語中顯得很異國、很異樣。歷史尤其在我十歲那年，解除了我天生註定扮演我母親延伸品的角色。

我們的船在深夜時分的迪石（Rạch Giá）海岸啟航之前，船上多數乘客心中只有一種恐懼，也就是對於共產黨的恐懼，這是他們選擇逃離的原因。然而，打從船隻被唯一一道毫無變化的藍色地平線給包圍環繞的那一刻開始，恐懼便化身為一頭擁有一百張臉孔的怪物，牠勒住我們的雙腿，阻止我們感受久坐不動引起的肌肉麻痺。我們在恐懼中動彈不得，因恐懼而動彈不得。當那個長滿疥瘡的嬰兒尿在我們身上時，我們不再閉上雙眼。鄰人嘔吐時，我們不再捏住鼻子。我們麻木了，困在某些人的肩膀和另一些人的雙腿之間，困在每個人的恐懼之間。我們無法動彈。

有個小女孩在船舷踩空一腳，被大海吞沒，她的事在惡臭瀰漫的船艙內部傳開，像麻醉氣體一樣蔓延開來，甚至像是笑氣，它將唯一一盞燈泡化做北極星，把浸滿機油的餅乾變成奶油酥餅。油的味道，瀰漫在喉嚨中、在舌頭上、在腦袋裡，伴隨我身旁那位母親唱著的搖籃曲的節奏，哄我們入睡。

我父親曾經打算，如果我們一家被共產黨或海盜抓走的話，就用氰化物的藥丸讓我們永遠沉睡，像睡美人一樣。很長一段時間，我都想問他，為什麼他沒想過要讓我們自己選擇，為什麼他不留給我們存活的機會。

當我成為母親，當文先生告訴我他的故事之後，我便不再去想這個問題。文先生是西貢非常有名的外科醫生，他向我述說自己如何在五個不同的時間點，將五個孩子，從十二歲的長子至五歲的么女，一個接一個，分別送上不同的五艘船，送他們出海，遠離共產黨政府逼他背負的罪名。當時，他很確定自己會死在監牢裡，因為共產黨控訴他動手術殺害黨內同志，儘管這些同志從未踏進他的醫院。把自己的孩子送出海時，他期望至少能夠拯救一兩個。我是在一間教堂的階梯上結識文先生的，冬日他會在此鏟雪，夏天則勤加灑掃，藉此感謝一位教士替他扶養五個孩子，照顧他們直到成年，直到文先生出獄。

我在加拿大的第一個老師，負責教導我們這批越南難民當中最年幼的七個孩子，她陪我們穿越橋梁，來到當下。她悉心照看我們如同植物移植的適應過程，像一名母親照料早產新生兒那樣溫柔體貼。她渾圓飽滿的臀部左搖右擺，那動作既慢又令人安心，看得我們恍惚神迷。她像一隻母鴨走在我們前方，邀我們這些小鴨隨她來到避風港，我們在港灣內變回孩子，單純的孩子，被種種色彩、圖畫與無用的事物包圍。我會永遠感激她，是她給了我身為移民的第一道渴望，我想和她一樣，能夠搖擺臀部的肥肉。我們這些越南人當中，沒有一人擁有像她那樣豐滿、寬厚、從容的曲線。我們全都瘦骨嶙峋。當她朝著我彎下腰來，用她的雙手覆住我的雙手說：「我名叫瑪麗─法蘭絲，妳呢？」我複述這句話的每個音節，眼睛眨都不眨，絲毫不覺得我需要理解。一朵輕盈芬芳的清新雲朵，像搖籃一樣輕輕搖晃著我。我完全不懂這些字，只聽懂她嗓音的韻律，但這樣就足夠了。非常足夠。

回家之後，我對著父母複述這串音節：「我名叫瑪麗—法蘭絲，妳呢？」於是他們問我，我是不是改名了。就在那一刻，屬於當下的現實，重新逮住了我。時勢造成我既聾又啞，抹消了夢想、抹消我向前凝視遠方的能力。

我的雙親雖然已經會說法語，卻仍舊無法注視遙遠的未來，因為他們被排除在法語初級班的名單之外，意思是他們無法像其他人一樣，擁有每週四十加幣的收入。若單純就這堂課的標準而言，他們的程度是超越其他人的，但在其他方面，他們卻遠遠不及。他們不再看著他們自己的前方，而是看著我們的前方。為了他們的孩子，為了我們。

為了我們，他們眼中看見的，不是他們擦拭的那些黑板，不是他們刷洗的學校廁所，也不是他們運送的越南春捲。他們眼中，只有我們的未來。於是我和弟弟們走在他們的視線所投射的軌跡之中，藉此前進。我遇過一些家長，他們眼裡的火苗已然熄滅，有些是因為被海盜沉重的身子侵犯，另一些則是因為在共產黨的集中營裡度過太多年月。不是戰爭期間的戰俘營，而是戰後和平時期的勞改營。

小時候，我以為戰爭與和平是兩個反義詞。然而，越南烽火遍野時，我卻在和平之中安穩度日；直到越南收起武器，我才開始見識戰爭。我認為戰爭與和平其實是兩名好友，一同愚弄我們。它們開心的時候、想這樣做的時候，就把我們當敵人，毫不在意我們給它們定下的定義或角色。因此，或許不該輕憑二者的表象，來選擇自己注視的焦點。我運氣很好，無論時代色彩如何，無論當下呈現什麼色彩，我的雙親都沒有喪失最初的眼神。我母親經常對我朗誦她在西貢讀八年級時，黑板上面寫的諺語：Đời là chiến trận, nếu buồn là thua ——「人生是一場戰鬥，悲傷將導致敗戰。」

我們蓋了一間架高的吊腳屋，位於難民營偏僻角落一座丘陵的坡地上。我們共有二十五人，來自五個家庭。我們花了好幾週，在附近的樹林中偷偷砍了幾棵樹，協力將它們插進柔軟黏稠的地上，將六塊膠合木板固定成一大片地板，在屋架上面覆蓋一片藍色帆布，塑膠的鐵藍色，玩具的顏色。我們運氣很好，找到足夠的粗麻米袋和尼龍米袋來包覆小屋構成四面牆，以及公用浴室的三面牆。這兩座建物擺在一起，看起來很像某個現代藝術家在美術館裡的裝置作品。夜裡，大家貼在一起睡覺，擠到從來不覺得冷，連被子都不用蓋。到了白天，藍色帆布吸收了熱氣，小屋裡的空氣變得悶熱無比。我們在屋頂加上樹葉、細枝與一些植物的莖來降溫。下雨時，水就沿著它們戳出來的洞，從屋頂流下來。

下雨的日子裡或夜裡，如果這屋頂下有一名編舞家，他一定會把眼前的場景搬上舞台：二十五個站著的人，有大人有小孩，每人雙手各拿一個空罐頭，用來收集屋頂落下來的雨水——有時傾盆直瀉，有時一小滴、一小滴。如果這裡有個音樂家，他一定會聽見這些雨水敲擊罐頭的交響節奏。如果在場的是電影導演，他一定會捕捉眼前這些可憐人之間這份即興的、沉默的、充滿默契的美。但這裡沒有這類藝術家，只有我們站在這兒，踩在緩緩陷入泥沼的地板上。過了三個月之後，地板傾斜得如此嚴重，我們不得不重新分配每個人的位置，以免孩童和婦女們在睡夢中，往身邊男性的胖肚子那邊滑過去。

我母親要我說話，要我用最快的速度學會說法語和英語，因為我的母語如今不只微不足道，甚至是變得毫無用處。來到魁北克的第二年，她就把我送去一間專收英語學生的軍校。她說，這樣可以免費學英語。她錯了，那並不是免費的。我付出高昂的代價。那裡共有四十多名軍校生，全部人高馬大、躁動不安，而且全是青少年。他們把自己看得很重要，會鉅細靡遺地檢視領口的皺摺、軍帽的摺角、軍靴磨亮的程度。學長會對學弟大吼大叫。他們拿戰爭來遊戲，上演一些荒謬戲碼，但其實什麼都不懂。我不理解他們。我也不懂，為什麼我的上級要一直反覆地叫我隔壁那個人的名字。或許他要我記住這個比我高壯兩倍的青少年的姓名。我的第一句英文會話，是在下課時對他說的：「掰掰，混蛋。」

我母親經常把我逼進極端恥辱的場面。有一回，她叫我去雜貨店買白糖，那間店就位在我們的第一戶公寓樓下。我去了，但沒找到糖。我媽叫我再去一趟，還在我背後鎖上家門說：「沒買到糖就不准回來！」她忘了我又聾又啞。我坐在雜貨店的階梯上，直到打烊，直到雜貨店的老闆握起我的手，把我帶到放著糖包的貨架前。他聽懂了我，雖然我口中的「糖」這個字非常苦。

很長一段時間裡，我以為我媽就是喜歡不斷把我往懸崖邊緣推過去。有了自己的孩子之後，我才終於理解，我應該看看她鎖門之後，眼睛緊貼門眼的模樣；坐在階梯上哭泣的時候，我應該聽聽她和雜貨店老闆講電話的聲音。後來我才領悟，我母親一定對我懷抱著一些夢想，但她給我的卻是工具，好讓我有能力再度扎根、做夢。

喬涵妮也是用同樣的方式朝我伸出手。她給我友愛，儘管我頭上戴著的毛線帽上面有麥當勞的商標，儘管我會在放學後，和其他五十名越南人一起偷偷躲在卡車裡，去魁北克東方區（Cantons-de-l'Est）的田裡工作。喬涵妮要我下個學年度和她一起就讀私立中學。她明明知道，我每天下午都在這間學校的中庭等待農夫們的卡車，上車去非法打工，採摘一袋又一袋的豆子，交換幾枚加幣。

喬涵妮還帶我去看電影，雖然我穿的是零點八八加幣的特價襯衫，下襬還有破洞。看完電影《名揚四海》（*Fame*）之後，她教我用英文唱主題曲〈我歌頌帶電的肉體〉（*I sing the body electric*），儘管我不懂歌詞，也聽不懂她和姊姊與父母談論家務事的對話內容。她也是我剛開始學溜冰時，在我跌倒時扶我起來的人。當班上一個名叫賽吉的同學（他比我高大三倍）在美式足球場上把我連人帶球一起抱起來達陣得分的時候，是她鼓掌叫好、高呼我的名字。

我真懷疑，這個朋友是不是我自己編造出來的。我遇過許多相信上帝的人，但我信的是天使。喬涵妮就是一個天使。她和眾多天使一起降落在這座城市，讓我們重新活了過來。他們一批一批來到我們的門前，送我們溫暖的衣服、玩具，給我們一些邀約，賜予我們夢想。我常常覺得，我們心中沒有足夠的空間，來接收他們贈予我們的所有事物，來接收他們對我們展露的所有笑顏。如何在每個週末都參觀兩次以上格蘭比動物園？如何領略在大自然中露營的週末？如何品嚐楓糖歐姆蛋？

整整一年，格蘭比就是人間天堂。我無法想像世界上還有更好的地方，儘管我們被蒼蠅叮咬的程度，並不亞於待在難民營的時候。格蘭比一位植物學家帶我們這些小朋友去長滿香蒲的泥塘觀賞昆蟲。他不知道，我們每個人都在難民營和蒼蠅共處了好幾個月。在我們的小屋旁邊，糞坑旁有棵枯樹，牠們就緊緊黏在樹枝上，一隻貼著一隻，環繞樹枝周遭，像胡椒樹上的成串果粒，也像葡萄乾，其數量之龐大、體型之壯碩，讓牠們不需飛行，就占據我們的視線與生活。當時我們不需安靜便能聽見牠們的聲音，而這位植物學家導遊特意輕聲細語，好傾聽牠們的嗡嗡聲、試圖理解牠們。

蒼蠅的歌聲，我瞭若指掌。一旦閉上雙眼，我就能聽見牠們在四周打轉，因為好幾個月的期間，我都必須頂著馬來西亞的烈日，在幾乎滿溢出來的糞坑上方蹲下，距離下面的糞池只有十公分。茅房共有十六間，每次踏上架在門後的兩片木板時，我都得盯著腳下那片筆墨難以形容的褐色，不能眨眼，以免滑倒。當我自己或隔壁廁所的人所排出來的糞便掉下去噴得汁液四濺時，我得保持平衡，不能昏倒。像這樣的時刻，我會傾聽蒼蠅嗡嗡飛翔的聲音來轉移注意力。有一次我太快挪開腳，一隻拖鞋掉進兩片木板之間。它陷進這池糊狀物之中，但沒有沉下去。它漂浮著，像一艘漂流的船。

至於我們這些小孩子，則可以跟著他們走遍各個樓層與房間。他們在五斗櫃、衣櫥、梳妝台和保險箱上面貼上封條。他們甚至查封了專門用來放內衣的大衣櫃，裡面擺滿我外婆和她六個女兒的胸罩。他們沒有寫明內容物。當時我想，這名年輕的搜查官，他想到客廳這些胸部圓滾滾的女性身上穿著巴黎進口的精緻蕾絲內衣，一定很難為情。我還心想，他讓封條保持空白，沒有寫出衣櫃的內容物，是因為他慾望高漲，書寫時一定會忍不住顫抖起來。但我錯了：他並不知道這些胸罩的用途。他認為它們看起來像是他媽媽用來泡咖啡的濾網，都是用布料縫製，有一圈鐵環，還有一角絞成螺旋形，可以當做握柄。

在河內的紅河河邊，龍編橋畔，他母親每晚都在濾布裡填滿咖啡，泡進鋁製的咖啡壺裡，向路過的人兜售。冬天她會準備一些容量不到三口的小玻璃杯，將它們浸泡在裝滿熱水的碗裡，這樣的話，當那些男人坐在幾乎和地面齊平的矮凳上交談時，杯子可以保持溫熱。客人們遠遠看見她那盞小小油燈的火苗，油燈擱在她小小的工作檯上，旁邊的盤子擺了三支香菸。當這名搜查官還是小孩的時候，每天早上他睡醒時，頭上都是那個咖啡濾布，它掛在釘子上，有時還是潮溼的，布料因一再重複使用而變成褐色。我在樓梯一角，聽見他和其他搜查官聊這件事。他不懂的是，為什麼我家有這麼多咖啡濾網，排列在鋪滿絹紙的抽屜裡。而且，為什麼它們成雙成對？難道，是因為咖啡要和朋友一同享用？

因為這條魚，我們和這群士兵開始溝通。接下來，我父親讓他們私下偷偷聽音樂來收買他們。我坐在鋼琴下面，在暗處看他們臉頰流淌淚水，歷史的恐怖毫不留情地在那臉上劃下痕跡。在那之後，我們再也弄不清楚，他們究竟是敵人還是受害者，我們是喜歡他們還是討厭他們，是畏懼他們抑或憐憫他們。而他們則不再知曉，究竟是他們將我們從美國人的手中解放出來，抑或其實相反，是我們把他們從越南的叢林中解救出來。

然而，這道促使他們鬆開拳頭的音樂，很快就置身火海，在我們家的頂樓燃燒。他們奉命燒毀所有書籍、歌曲、電影，不容許任何事物違逆人民形象——雙臂強壯的男性與女性，揮舞著農叉、榔頭與金星紅旗。很快地，他們便再度用濃煙覆蓋天際。

這些士兵後來境遇如何？距我們和共產黨員之間建起一道磚牆的年代已遠，現在許多事都不一樣了。後來，我回到越南，和這道牆的始作俑者一起工作，牆是他們設想出來的工具，它摧毀數十萬人的生活，甚至可能高達數百萬。一九七五年，衝鋒坦克車首度開上我們家旁邊那條路，從那時候到現在，許多人的態度的確已經改變。後來，我甚至學會了往日敵人的共產詞彙，因為柏林圍牆已經倒下，因為鐵幕已經結束，因為我年紀尚輕，還不至於被往事壓得一輩子無法喘息。儘管如此，在我自己的家裡，永遠不會出現磚牆。我始終無法和身邊的人一樣熱愛磚牆，他們總說，磚牆可使室內變得溫暖。

愛的定義，對我兒子帕斯卡來說，是卡片上畫了多少愛心，或是在羽絨被下面用手電筒講了多少關於龍的故事。我還得再等幾年，才能告訴他，在別的時代、別的地方，父母會因為愛孩子而自願拋棄他們，就像小拇指*的父母一樣。在華閭（Hoa Lu）地區的高聳山巔，一名打算拋棄孩子的母親，就是這樣用長長的桿子，試圖將她的女兒順著水流交給我。她希望我能代替她。她寧願因孩子不在身邊而哭泣，也不願看見女兒追著觀光客兜售自己繡的桌布。那時我還很年輕，在這片巖石聳立的深山之中，我眼前只看見一片壯闊的風景，而非這位母親無盡的愛。某些夜裡，我奔馳於水牛群旁邊的長條狀土地上面，好讓自己開口叫她回來，好讓我的手握住她女兒的手。

* 譯註：〈小拇指〉（*Le Petit Poucet*）收錄於法國作家夏爾．佩羅（Charles Perrault，1628～1703）1697年的作品《鵝媽媽的故事》（*Les Contes de ma mère l'Oye*），故事中，小拇指一家飢貧，父親因不忍看著兒子們餓死，而將他們拋棄在森林裡。

我等著帕斯卡再老幾歲，到時候再把華閻這位母親的故事和小拇指的故事連在一起。在那之前，我對他說的故事，是一隻從鄉下運到城裡的豬，牠被藏在棺材裡，穿越重重檢查哨。帕斯卡喜歡聽我模仿送葬隊伍的孝女，她們撕心揪肺撲向棺材哀悼，農夫們則身穿白衣、纏著頭帶，試著拉住她們，在已對死亡習以為常的視察員面前安慰她們。抵達城內之後，隊伍進入一個每次都會變換位置的祕密場所，農夫們在緊閉的門扉背後把豬交給屠宰師傅。豬被肢解之後，肉商把肉塊綁上自己的雙腿和腰際，運到黑市，運給一些人家，包括我們家。

我向帕斯卡述說這些小故事，好讓歷史的這些斷片能夠留存在記憶之中，因為這類歷史斷片，永遠不會出現在學校的課堂。

屋後面的自家糞坑，頭顱陷進兩片木板當中的糞便坑洞，四周環繞著許多表皮光滑、肉色偏黃的鯰魚，牠們沒有鱗片，也沒有記憶。

這位老太太過世之後，每個星期天，我都會前往河內郊區一座蓮花池畔。那兒總有兩三名彎腰駝背、雙手顫抖的女性，她們會坐在一艘圓形的小船裡，藉著一支長竿在水面移動，將茶葉放進綻放的蓮花內部。到了隔天，她們回到原地，一一取回茶葉，這時花瓣還沒凋謝，而困在花裡的茶葉已在夜間吸收了雌蕊的香氣。她們告訴我，如此一來，每片茶葉都保存了這些轉瞬即逝之花的靈魂。

基於同樣的原因，就連在難民營裡，她都有辦法找到一支拔牙鉗，摘除我們搖晃鬆動的乳牙。每次拔完之後，她都在馬來西亞的豔陽下，驕傲地對我們揮舞它，展示那顆沾血的牙，背景是細緻的沙灘，用有刺的網子圍住。我媽說，我的眼睛或許可以弄大一點，外翻的耳朵說不定也能矯正，但我臉上其他結構性的缺點，她就沒辦法改變了。所以至少要讓牙齒完美無缺，不能拿它們來交換鑽石。她也很清楚，如果我們的船被泰國海盜攔截的話，鑲鑽的臼齒還有金牙，都會慘遭拔除。

警方奉命要「私下偷偷」放行每一艘載著華裔越南人的難民船。華人是資本主義者，所以他們的血統、他們的口音，就是反共產主義的證明。搜查官因此有權搜他們的身、抄他們的家，直到最後一刻，直到他們深受屈辱。我的家庭、我自己，都變成了華人。我們動用了祖先的基因，好在警方默許之下離開此地。

小時候，我總是偷偷希望自己是二舅的女兒。他女兒紹梅是他的公主，雖然他有時會忘記她的存在，一忘就是好幾天。紹梅的父母把她推崇得像是首席名伶。二舅經常在家裡宴客，他常在氣氛熱烈時要所有人停止交談，讓他女兒坐上鋼琴椅，並介紹她即將彈奏的小曲。她彈奏〈月光下〉（*Au clair de la lune*）這首兒歌的短短兩分鐘內，他眼中只有這個洋娃娃般的小女生，在一群大人面前，從容無比地用肥肥的手指敲打琴鍵。每次我都坐在階梯下面，想記住二舅在賓客鼓掌時親吻紹梅鼻尖的模樣。他只偶爾關注她兩分鐘，但僅需如此，紹梅就因此擁有一股我沒有的內在力量。無論她是餓著肚子還是有吃飽，她總對自己的哥哥們還有我發號施令，從不猶豫。

我和表姊紹梅是一起被帶大的。我若不是待在她家，就是和她一起待在我家。她家有時連一粒米都不剩。她爸媽不在家時，傭人們也跟著消失不見，而且常常把米缸一起帶走。她爸媽很常不在家。有一天，她大哥給我們吃的，是黏在鍋底的剩飯。他加了一點油和紅蔥頭，弄成一道餐點。我們五個小孩就這樣共啃一塊乾硬的米餅。其他日子裡，有時會出現堆積成山的芒果、龍眼、荔枝、里昂玫瑰臘腸、奶油泡芙等等，把我們埋在下面。

二舅夫婦採買食物是因為某種水果顏色很鮮豔、某香料聞起來很香，或只是基於當下的衝動。他們買回來的食物總洋溢節慶氣氛，散發頹廢墮落的光芒，充滿狂熱之情。他們不在意廚房裡的米缸空空如也，也不會操煩我們必須背誦的詩句。他們只要我們盡情大啖芒果、咬得它們汁液四濺，他們希望我們開心打轉，像陀螺一樣繞著他們夫婦轉，伴隨著門戶我原本想成為一個和我媽非常不一樣的媽媽，直到有一天，我決定讓兩個兒子同住一個房間，儘管家裡還有另外兩間空房。我希望他們學會相互扶持，像我和弟弟們一樣。有人告訴我，關係是建立於歡笑之上，但是，建立在共享以及共享導致的挫折上面的關係，會更加深遠。或許因為一個孩子在深夜哭泣，會引發另一個孩子跟著哭泣，於是我的自閉症兒子亨利終於在三或四歲時，意識到帕斯卡的存在，他原本從未發現這個哥哥。時至今日，他會蜷縮在帕斯卡的懷裡，或在陌生人出現時躲在哥哥背後，並因此得到一種觸覺上的快樂。或許，是因為這些被吵醒的夜，因為這些難眠的夜，所以帕斯卡才會心甘情願在穿鞋時先穿左邊再穿右邊，好配合弟弟偏執的堅持，讓亨利不會因為自己的例行習慣被擾亂，而在惱怒之中展開新的一天。

因此，我母親逼我們練習分享，或許是對的。不只是我們姊弟三人要練習共用，我們和表兄弟姊妹之間也一樣。我和表姊紹梅共用我媽，因為我媽把教育紹梅的責任攬在身上。所以我們像孿生姊妹一樣，上同一間學校，讀同一個班級，坐在同一張長凳上。有時候，老師不在時，我表姊會代替老師站上講桌，揮舞老師那支長長的尺。她和我們一樣才五、六歲，卻一點都不害怕那支尺，因為她和我們不同，她一向被捧得很高。而我，我會因為不敢舉手、不敢在眾目睽睽之下走到門口而尿褲子。如果有人抄我作業，就會被紹梅打倒在地。在我哭泣時笑我的人，會被她狠狠修理一頓。她保護我，因為我是她的影子。

她走到哪都帶著她的影子，但有時也讓我像狗一樣追著她跑，只為了好玩。

到了今天，我母親很後悔她沒把我當成公主扶養，因為她不是我的皇后，不像二舅在他的孩子們眼中，是個國王。直到辭世，他都保有國王的地位，雖然他從沒簽過一張考卷，沒看過半次成績單，也從來不曾清洗孩子骯髒的手。運氣好的時候，我和紹梅有時候會搭乘二舅的偉士牌，紹梅站在前面，我坐在後面。好多次，我和紹梅在國小門口的羅望子樹下等他等好久，直到警衛在我們背後將門鎖上。連那些在學校前面的人行道上販售醃芒果、辣椒鹹芭樂、涼薯的小販們都離開了，這時二舅才遠遠出現。我和紹梅被夕陽照得睜不開眼睛，只見二舅的髮絲在風中飛揚，臉上掛著燦爛如火的、舉世無雙的微笑。

他把我們抱進懷裡，突然之間，我們不只變成了公主，還是他眼中最美、最受重視的兩個公主。這樣飄飄然的感受，只在路上才有，很快地，他懷裡就會抱著一個女人（幾乎每次都是不同人），換她成為他此刻的公主。

我和紹梅在客廳等候，直到新公主不再是公主。這些女人全都認為自己是雀屏中選的幸運兒，因此心滿意足，儘管她們心知肚明，自己只是他眾多情人中的一人。

我們的神仙精靈賈妮身穿韻律服和粉紅褲襪，髮際插著一朵花，她無需使用言語，就解放了我的聲音。我們九個越南學生在聖家國小由她負責，她用音樂、用她的手指、用她的雙肩來對我們說話。她教我們如何張開雙臂、抬高下巴、深深吸氣，藉此占領四周的空間。她像蝴蝶在我們四周翩翩飛舞，像個精靈，用溫柔的目光一一輕撫我們。她的脖子長長伸展，成為肩膀的延伸線條，和手臂、指尖形成同一道線。她的雙腿動作劃出大大的圓，像要輕拂四周牆垣、翻攪空氣。多虧有賈妮，我才學會把自己的聲音從身體深處解放出來，讓它來到脣畔。

我把聲音用來為臨終的二舅朗讀米榭・韋勒貝克（Michel Houellebecq）《無愛繁殖》（*Les Particules élémentaires*）書中的情色橋段，那時我們人在西貢市中心。我已不再渴望成為他的公主，我變成了他的天使，讓他回想當年如何抓著我的手攪進鮮奶油咖啡的鮮奶油裡，一面唱著 *Besame, besame mucho**……

他的身子變得冰冷、僵硬之後，圍繞在身邊的不只有他的孩子們、前後兩任妻子、弟弟妹妹們，還有許多他不認識的人。幾千人前來哀悼。有些女性失去了二舅這個情人，有些人失去了他們的運動記者，另一些人則失去了他們的前議員、作家、畫家、牌友。

在這些人當中，有一位先生，看起來很窮。他穿著一件領口發黃的襯衫，皺皺的黑色長褲繫著一條舊皮帶。他站得遠遠的，站在一株開滿火紅色花朵的鳳凰花樹蔭下，身旁有一台沾滿泥巴的中國腳踏車。他等候好幾個小

* 譯註：西語名曲「吻我吧，深深地吻我」。

我母親很羨慕二舅的不負責任，或者應該說，羨慕他有辦法如此不負責任。儘管她不願如此，但她也嫉妒弟弟妹妹們被孩子尊為國王或皇后的地位。她的妹妹們和她哥哥一樣，被自己的孩子當做偶像來崇拜，原因不一，一個是因為她最漂亮，另一個最多才多藝，還有一個是最聰明的……在我的表兄弟姊妹們眼中，他們自己的媽媽，永遠是最棒的。而我母親就只是令人害怕，所有人都這樣認為，包括我的阿姨們和表兄弟姊妹。年輕的時候，她就代表最高法院的權威。她熱心而強硬地扮演她身為長姊的角色，因為她想掙脫她哥的影響，她哥總是吞噬周遭一切。

她把一家之主的職責據為己有，扮演教育部長、優良母親、家裡的總經理。她負責決定事情、執行懲處、訓斥犯錯的人、讓異議者閉上嘴巴……我外公貴為議會主席，他不管這些日常小事。我外婆忙著照顧幼兒，並因反覆流產而操煩。我媽認為二舅就是利己主義與自我中心主義的化身。正因如此，她把自己當成最高權力的管理人。我還記得有一天，我媽把她的弟弟和妹妹們鎖進浴室作為懲罰，因為他們未經她許可，和二舅出去玩。我外婆甚至不敢請她開門把他們放出來。我媽當時很年輕，她鐵腕鎮壓的手法很天真。她想報復哥哥的瀟脫不羈，報復弟弟妹妹對他的崇敬，但她的計畫沒打好，因為她的弟弟妹妹仍繼續在浴室中玩得很開心，而且她不在場。在她以矜持為由，禁止妹妹們跳舞的時候，青春時光的所有輕薄片刻，都在她指間流逝無蹤。

無虞，而且能繼續上學。我父親很早就學會遠離父母過活，學會和習慣的場所道別，學會熱愛當下，不眷戀過往。

所以他並不好奇，也不想知道自己真正的生日。他在市政府的出生證明上面的官方日期，是一個沒有空襲、沒有地雷爆炸、沒有人質被俘的日子。或許當時的父母認為，他們的孩子活在世上的第一天，應該是正常生活開始重上軌道的第一天，而非他們首度開始呼吸的那一刻。

同樣地，我爸離開越南之後，也從不覺得他需要回去看看。時至今日，有些人會從他出生的城市過來找他，他們是房地產開發商，來建議我爸申訴取回他父親那間屋子的所有權。他們說，那間房子住了十戶人家。我們最後一次看見那幢房屋時，它被當做營房，裡面住的是一些改當消防員的共產兵。這些士兵在這棟偌大的房屋裡，建立了自己的家庭。他們知道自己住在一幢由法國工程師建造的房子裡嗎？這位工程師畢業於法國國立橋梁與道路高等工程學校。他們是否知曉，這棟房子是我叔公送給我祖父的禮物，用來感謝哥哥送他去法國留學？他們知不知道，曾有十個孩子在這屋內被扶養長上有金色字母。有時候，我們去探望祖父時，我也會吃到這道烤肉飯。

現在，如果有朋友從法國帶一罐布列黛奶油回來送給我爸，他就會做這道菜給我兩個兒子吃。我的弟弟們親暱地嘲笑我爸，因為他用非常誇張的用詞來稱讚這牌子的罐裝奶油。但我同意他的講法。我喜歡這奶油的香氣，因為它讓我想到祖父，在消防員士兵身邊嘸氣的祖父。

我也喜歡用這些鑲了銀環的藍白碗裝冰淇淋給我兒子吃。這些碗是我試圖從五姑那邊繼承的唯一物件。我祖父母過世之後，五姑被趕出她家。五姑成為佛教徒，住在一片椰子田後面的小茅屋裡，捨棄所有物質享受，唯一的財產只有一張沒有床墊的木床、一把檀木摺扇，還有她父親的四個藍白碗。她猶豫了好一陣子，才同意我的要求：這些碗，象徵她對俗世煩憂的最後一絲牽絆。我去找她沒多久之後，她就在茅屋裡辭世，身旁簇擁著附近一間寺廟的僧人們。

我回越南工作時，待了三年。儘管如此，我卻從未回去看看父親出生的城市，那裡離西貢只有兩百五十公里。小時候，這趟路車程十二小時，我總一路嘔吐。我媽在車內地上鋪了一些枕頭讓我坐穩，但結果還是一樣。路上千瘡百孔。夜裡，共產黨的叛亂分子在路上埋地雷；到了白天，親美部隊就拆地雷。有時候，一顆地雷就這樣爆炸了。這樣的話，就得等候好幾個小時，等軍人把洞填平，把人們的殘骸收拾乾淨。有一天，一名女子被炸得粉身碎骨，她四周都是黃色的、四下散落的、粉碎的櫛瓜花。她一定是在前往市場賣花的路上。或許，他們也在路旁找到了她的寶寶的遺體。或許不然。說不定，她的丈夫已經死在叢林。說不定，她就是那個在我外公家門口，也就是在省長家門口痛失摯愛的女子。

吉哈荷太太也同樣擁有一身被烈日烤焦的肌膚，雖然她不在覆盆莓園或農田裡工作。吉哈荷太太雇用我媽打掃她家，她並不知道，上工的第一天之前，我媽從來沒碰過掃帚。吉哈荷太太擁有像瑪麗蓮夢露一樣的淡金色頭髮，眼睛很藍，很藍很藍。吉哈荷先生很高，一頭棕髮，對他那台閃閃發光的古董愛車很自豪。他們經常邀我們去家裡，白色的房子配上整齊的完美草皮，門口鮮花錦簇，每個房間都鋪了地毯。他們完全就是我們心中美國夢的化身。

吉哈荷夫婦的女兒會邀我去看她的雙排滑輪溜冰比賽。她會把自己已經穿不下的洋裝給我，其中有一件棉質的夏日洋裝，小小的白花點綴純藍的布料，兩條吊帶綁在肩上。我不只夏天穿這件洋裝，冬天也穿，只是會在洋裝裡面多穿一件白色高領。剛到加拿大的那幾年冬天，我們並不知道每件衣裳都有專屬季節，不能只是把自己擁有的衣服就這樣往身上套。覺得冷的時候，所有衣服我們都一視同仁，不會分辨類別，我們把一件衣服穿在另一件的外面，層層疊疊，彷彿流浪者。

以說出「梨子」這個詞，卻不會叫「媽媽」，因為我們啟蒙的歷程和別人不一樣，沿途滿是迂迴繞道與陷阱障礙，既沒有先後順序，也沒有邏輯可循。我建構夢想的方式也是一樣的，是透過種種邂逅，借助朋友與他人的力量。

很多移民實現了他們的美國夢。三十年前，不管哪個城市，無論是在華盛頓、魁北克、波士頓、里穆斯基（Rimouski）還是多倫多，我們路過的街區往往充斥玫瑰花園、百年老樹，還有石砌的房屋，但我們造訪的地址，從來不是這些大門上面標示的地址。現在，我的六姨和她丈夫（我六姨丈）就住在像這樣的屋子裡。他們旅行都搭頭等艙，還得在椅背上面貼紙條請空姐別再拿巧克力和香檳給他們。三十年前，我們還在馬來西亞難民營的時候，我這位六姨丈爬行的速度還比不上他當時才八個月大的女兒，因為他嚴重營養不良。而我這位六姨必須用她唯一的一支針來縫製一些衣服，才能買牛奶餵女兒喝。三十年前，我們和他們一起生活在一片漆黑當中，沒有電，沒有自來水，沒有隱私。現在，我們埋怨他們家太大，我們的大家族在裡面顯得人數太少，團聚時不再像當初那樣緊密——剛到北美洲的那幾年，大家會擠在我爸媽家歡慶佳節，直到凌晨。

然而，美國夢成真之後，就不再離開我們，像移植到身上的器官，也像肉瘤。當我第一次走進河內一間專為弱勢兒童設置的餐飲學校附設餐廳時，我穿著窄裙，腳踩高跟鞋，手提公事包，而負責我這桌的年輕服務生很困惑，搞不懂我怎麼會開口對他講越南語。一開始，我以為他聽不懂我的南部口音。但用餐完畢之後，他老實告訴我——我太胖了，不可能是越南人。

我把這句話翻譯給我的老闆們聽，這件事到現在還會逗他們發笑。後來，我才理解，他指的不是我四十五公斤的體重，而是這場把我變得粗壯、臃腫、笨重的美國夢。它使我的聲音充滿自信，使我一舉一動都堅決果斷，使我渴望的事物清晰明確，使我行動迅速，使我的目光強而有力。美國夢使我以為自己可以擁有一切，可以一面坐在由司機駕駛的車上，一面盯著一名女子大汗淋漓騎腳踏車，她的視線因汗水而模糊，我則目測她這輛生鏽腳踏車運送的絲瓜有多重；以為我可以用和這些女孩相同的節奏跳舞，她們在酒吧搖臀扭擺，試圖勾引那些錢包裡塞滿美金的男人；以為我可以住在駐外員工的豪華別墅裡，陪打赤腳的孩子一起走去街角的學校上學。

但這名服務生提醒了我，我不能什麼都要。我已無權自稱越南人，因為我已經喪失了越南人的脆弱、躊躇與恐懼。他的指責，確實有理。

多虧這些美國大兵，我六姨丈才有辦法支付偷渡的旅費，帶著六姨與仍在襁褓的女兒，和我們搭上同一條船。六姨丈的雙親因為賣冰塊而變得非常富有。美國大兵會向他們購買一些長達一公尺、高度寬度各二十公分的整塊冰塊，放在他們的床鋪下面。在越南的叢林中流了好幾週的熱汗之後，他們需要降溫。他們需要其他人類來安撫，卻不想感受自己的體溫，也不願感受那些按時計酬的女性的體溫。他們需要尋回佛蒙特州或蒙大拿州的涼風。他們需要再度置身於那樣的涼爽之中，才能暫時放下疑慮，暫時不去懷疑每個前來碰觸他們手臂寒毛的小孩子，手裡是否都藏了一顆手榴彈。他們需要這寒意，不然的話，當她們往他們耳中傾吐虛偽的愛情台詞，試圖驅散他們耳中徘徊不去的、同袍身負重傷的哀嚎時，他們恐怕會抵擋不住她們的柔軟雙唇。他們需要冷靜下來，才能離開那些女人，離開那些懷了他們的孩子卻從未回來找他們，也從未透露自己姓氏的女人。

美國大兵的孩子們，大部分都成為無家可歸的孤兒，他們因為母親的職業而被放逐於社會之外，也因為父親的職業而遭受排斥。他們是戰爭的陰暗面。最後一名美國大兵離開越南的三十年後，美國政府代替他們的士兵回到越南，將這些心靈破碎的孩子帶回美國。美國政府給了他們全新的身分，徹底抹消他們慘遭玷汙的舊身分。這些孩子當中，有些人是生平第一次擁有地址、住處、一份享有平等權益的人生。然而，有些人無能享受如此豐足的新生。

我為紐約警方擔任口譯員時，遇過一個這樣的孩子。她已長大成人，完全不識字，在紐約貧民區布朗克斯的街頭遊蕩。她是搭乘巴士來到曼哈頓的，而巴士的出發地點，是一個她說不出名字的地方。搭上巴士時，她希望這台車能將她載回她的床邊，那是一張用紙箱製作的床，鋪在西貢郵局正前方。她很堅持地表明自己是越南人。儘管她的肌膚是淺褐色，頭髮又濃又捲，身上流著非洲的血，背負著深深的傷痕，她仍舊是越南人，不是別的國家的人。她不斷地這樣重複對我說。她求我翻譯給警方聽，讓他們知道她想回到自己熟悉的那座叢林。但警察唯一能做的事，是釋放她，把她留在布朗克斯的殘酷水泥叢林。如果那時我有辦法的話，我一定會叫她蜷縮在我懷裡。如果我有能力的話，我會抹除那些髒手在她身上留下的印痕。但我明明和她同年。不對，我無權說自己和她同年，她的歲數，是用她被揍時眼裡看見的星星數量來計算，而不是用年月日來衡量。

關於這名女子的回憶，至今仍偶爾在我心頭縈繞不去。不知她在紐約存活的機率有多大。不知她還在紐約嗎。不知那名警察是否和我一樣，常常想到她。我六姨丈後來拿到普林斯頓的統計博士學位，說不定他能幫我算算她經歷過多少險境與困境。

我經常請六姨丈幫我計算，雖然他從來沒算過：他曾經整個夏天每天早上都帶我去上英文課，這樣一共走了多少公里；他買過許多書給我，究竟有多少本；他和六姨曾經為我築起許多夢想，總共有多少夢。我總冒昧要求他許多事。但我從來不敢要求他，能不能計算一下，安先生當年存活的機率是多少。

安先生抵達格蘭比的時候，是和我們家的人搭同一台巴士。無論冬天還是夏天，安先生總是背倚著牆，雙腳蹺在陽台欄杆上，手裡捻著一支香菸。他和我們住同一層樓。很長一段時間，我以為他是啞巴。如果我是現在結識他的話，我應該會認為他有自閉症。有一天，他踩在清晨露水濡溼的地上，滑了一跤。砰一聲，他仰頭倒在地上。**砰！**他大喊好幾聲「**砰！**」然後放聲大笑。我跪下去想扶他起來。他攀住我的雙臂，靠在我身上，但他沒有起身。他在哭。他哭個不停。他猛然停止哭泣，同時將我的臉轉向天空。他問我看見什麼顏色。藍色。於是他把拇指舉高，將食指按在我的太陽穴上，同時再問一遍，問我眼中的天空還是藍色嗎。

安先生在格蘭比工業區的雨鞋工廠負責清潔地板之前，是一名法官，也是個教授，擁有美國一間大學的文憑，有小孩，也坐過牢。在他那座西貢法院的燠熱以及橡膠的氣味之中，整整兩年，他因為法官的身分而被控訴，人們說他給共黨同志判罪。在勞改營中，換他接受審判，每早都被帶去和另外幾百個人一起排隊站好，他們都是戰爭的輸家。

這座勞改營被叢林環繞，他們在裡面與世隔絕，反省自己身為反革命者、民族叛徒、美國走狗的身分，書寫自我批評，並藉由砍樹、種植玉米、拆除田裡的地雷等行動來思考該如何贖罪。

日子一天接著一天，像鐵鍊上一圈又一圈的鐵環，鍊頭的鐵環繫在他們的脖子周圍，鍊尾的鐵環則固定在地心。一天早上，安先生感覺他的鐵鍊驟然縮短，因為士兵將他拖出隊伍，要他跪在泥沼之中，跪在他從前的同事們面前，他們全都衣不蔽體，雙眼無神、渙散、充滿恐懼。他告訴我，手槍熾一刻、蟹寄生藤壺、自然對數曲線、出血……如同一道咒文，如同走向虛空。

我們每個人，都曾經在越南這段和平歲月（或應該說是戰後期），以不同的方式被拯救過。我的家，是被斐哥哥救回來的。

斐哥哥是我爸媽一名女性友人的兒子，當時還是青少年的他，尋獲了我父親半夜從我家四樓陽台丟下去的一包金子。那一天的白天，我爸媽要我負責把風，如果住在我們家的十名士兵當中有人出現在我們住的樓層，我就得拉扯一條通到走廊另一端的繩子。我爸媽在浴室裡待了好幾個小時，撬出藏在小小的粉紅色與黑色方格瓷磚下面的金箔與鑽石。接下來，他們仔細把它裹在好幾層棕色紙袋裡，然後才把它拋下樓。那包東西依照計畫掉落在我們家對面的廢墟裡，那兒原本是鄰居的住家，但屋子已經毀了。

當時，兒童的任務是藉由種樹來表達自己對精神領袖胡志明的謝意；除此之外，孩子們也有義務從毀損的建築裡，回收一些完好無缺的磚塊。所以，我在廢墟裡來回搜尋那包金子，並不會引起懷疑。但我得小心，因為住

我曾經想要像英雄一樣，拯救一個年輕女生。她在我辦公室對面的佛寺牆外販賣烤豬肉。她很少說話，總是在工作，忙著將豬肉切成一片一片，夾進她已經事先切開四分之三的十幾條長棍麵包裡。放木炭的鐵盒因為多年油漬而一片黑漆，木炭點燃之後，就很難看見她的臉，因為大片黑煙與塵灰籠罩住她，讓她窒息、流淚。她的姊夫負責招呼客人，用兩盆擺在人行道邊的水洗碗，街旁就是水溝。她大概十五、十六歲，儘管目光黯淡無神、雙頰沾了炭黑與塵埃，她依舊美得驚人。

有一天，她的頭髮不慎著火，並且把她的聚酯纖維襯衫燒掉一塊。她姊夫把骯髒的洗碗水整盆倒在她頭上。她全身都是生菜、一片片青木瓜、辣椒、魚露。隔天，我在午餐時間之前過去找她，提議給她一份工作，讓她過來打掃辦公室，並且供她上課，學習廚藝與英語。我深信自己會幫她實現她最遠大的夢想。然而，她拒絕了。她以一個簡單的搖頭動作，拒絕我所有提議。我就這樣離開河內，把她拋在人行道一角，沒辦法讓她轉頭看向一道沒有黑煙的地平線，沒辦法像斐哥哥一樣，像許多被判定、稱呼、指明是越南英雄的人一樣，當個英雄。

誕生於炮口的和平，必然產生幾百則、幾千則關於勇敢之人、關於英雄的小故事。共產黨剛獲勝的那幾年，歷史教科書篇幅不夠，容納不下所有英雄，他們於是被寫進數學教科書：如果公（Công）同志每天擊落兩架飛機，那他每週擊落幾架飛機？

我們學習算數的範例，不再是香蕉和鳳梨的數量。教室變成偌大的戰國風雲（Risk）遊戲場，我們計算的是士兵的死亡人數、受傷人數、被敵方俘虜的人數，也計算種種英勇愛國、雄壯偉大、色彩繽紛的戰勝次數。但這些色彩只有在文字中才看得出來。圖片只有單一色調，人們也一樣，或許，這樣是為了防止我們忘記現實的黑暗面。我們每個人都必須穿著黑色長褲、深色襯衫。不然的話，身穿卡其色制服的士兵們會把我們抓去派出所訊問，來一場思想改造。他們也會攔下那些塗抹黑色或藍色眼影的年輕女子。他們以為這些女生雙眼烏青，是資本主義者施暴的受害者。越南共產黨最初的旗幟上面有一片藍天，後來被拿掉了，說不定也是出於同樣的理由。

當我丈夫在蒙特婁的街上穿著一件胸口印有黃色星星的紅色T恤時，他被路上的越南裔人士騷擾，我父母要他脫掉，換穿一件尺寸太小的、我爸的T恤。雖然我個人絕對不會穿這件衣服，但我沒有阻止丈夫買它，因為我也曾經驕傲地將象徵共產青年軍的紅色領巾綁上脖子，它曾是我日常服飾的一部分。當時我甚至會羨慕一些朋友的領巾一角繡有「Cháu ngoan Bác Hồ」這個共產青年團的名稱，黃色的繡線，繡在從領口探出的三角領巾上。他們是「黨鍾愛的小孩」。因為我的出身，我沒辦法擁有這樣的地位，就算我在班上成績最好，而且我心懷領袖種下的樹是最多的。每個班級的每一塊黑板、每間辦公室、每戶房子都必須在牆上掛至少一張胡志明的肖像。他的照片甚至取代了祖先的肖像，在這之前，沒有人敢動它們，因為祖宗的像很神聖。就算生前嗜賭、無能或是非常暴力，先人一旦死去，一旦和水果、香、茶一起擺上祭壇，就全部成為值得敬重、不可褻瀆的對象。祭壇必須設在夠高的位置，才能讓祖先俯視我們。所有後代子孫，都必須將祖先高高擺在頭上，而不是放在心裡。

我愛男人的方式也是如此，從不渴求他們成為我的。於是我對他們而言，只是眾多女人當中的一個，不扮演任何角色、不存在。我不需要他們在我身邊，因為我不會想念不在場的人。他們總會被別人取代，總是可以取代。就算他們不可取代，我對他們的記憶也可以取代。因為如此，我偏好已婚男人。他們戴著婚戒，我喜歡他們的手在我身上、在我胸口。我愛他們，因為儘管我的體味和他們的體味交融混合，儘管他們微微出汗的皮膚貼在我的肌膚上，儘管有時狂亂神迷，這些戴著飾物的無名指都能讓我保持距離，置身事外，留在暗影之中。

這些邂逅的周邊情感細節，我都忘了。但我記得一些轉瞬即逝的舉止動作，譬如紀優用手指輕拂我左腳小趾，在那兒畫出他名字的第一個字母G；譬如米蓋爾的下巴滴落一顆汗珠，落在我腰椎第一節脊骨上；譬如西蒙胸骨下面的凹陷處，他對我說，如果我對著這座漏斗胸的井裡囁語，那麼我所說的話，就會一路迴盪到他的心房。

這些年來，我收集了某個人睫毛的震顫，以及另一個人亂翹的髮絡；某些人的忠告，好幾人的沉默；這邊一個午後，那邊一抹思緒。全部集合起來，便是唯一一個情人，因為我忘了記住每個人的臉。這些男人總和起來之後，他們教我學會墜入情網、當個戀愛中的女人、渴求熱戀的狀態。然而，「愛」這個動詞，是我的孩子們教我學會它，是他們定義了它。如果我事先知道愛是這麼回事，那我絕不會生小孩，因為你一旦去愛，就是永遠的愛，就像我的二舅媽，也就是二舅的太太，她沒辦法制七姨是我外婆的第六個小孩。七這個數字原本應該帶給她好運，但卻非如此。我小時候，七姨有時會拿著一支木杓在門邊等我，她會使盡全力打我，好紓解她體內積累的灼熱。她總覺得熱。她需要大吼，需要撲倒在地上，需要打人來發洩。她一旦開始尖叫，家裡所有僕人都會立刻放下她們手上的水桶、菜刀、鍋子、抹布、掃把，跑過來壓制她，讓她無法動彈。這片混亂情景，還得加上我外婆的尖叫、我媽媽的尖叫、我其他阿姨們、小孩子們還有我自己的尖叫聲。我們是一隊由二十個人組成的合唱團，瀕臨瘋狂與歇斯底里。這樣持續一段時間之後，我們再也不清楚自己為何大吼大叫，因為最初的叫聲，七姨的叫聲，已被我們的聲音掩蓋很久。儘管如此，每個人還是繼續尖叫，好好把握這可以尖叫的良機。

有時候，七姨不是站在門邊等我，而是將門打開，因為她偷了外婆的鑰匙。她開門出去，好離開我們，在小巷中自由自在，街上的人看不出她的殘疾，不然就是故意無視。有些人無視她有缺陷，同意讓她用她的純金項鍊來換取一塊芭樂，或是與她貪歡縱樂，換得一陣愛撫。有些人甚至希望讓她懷孕，可以把寶寶拿來當勒索工具。當時七姨和我的心智年齡相等，我們是好朋友，會互相傾訴內心的恐懼。那時我們會分享彼此的故事。到了現在，她把我視為大人，所以不再對我講述她的逃亡、她在街上發生的種種往事。

那時，我好渴望自己也能到街上去，和鄰居的小孩一起玩跳房子。我隔著鐵窗或從陽台上面看他們玩耍，覺得好羨慕他們。我家四周圍著兩公尺高的水泥牆，牆的頂端插著玻璃碎片防範小偷。從我身處的地方看出去，這道牆的存在，究竟是為了保護我們，還是為了阻止我們迎向人生，這一點實在很難講。

街上到處都是正在跳繩的小孩子，繩子是用幾百條彩色橡皮筋編成的。

我最喜歡的玩具，不是會用英語說「我愛你」的娃娃。我夢想的玩具是一當我肚子裡懷著帕斯卡的時候，我人在越南，再度重拾早餐吃湯麵的習慣。我不想吃醃黃瓜或花生抹醬，只想去街角買一碗河粉湯。我小時候，外婆總禁止我們吃這些湯麵，因為那些湯碗都是在一個小小的水桶裡清洗的。賣麵小販的肩膀上已經扛了熱湯和湯碗，不可能再運送清水。這些擺攤的女子因此拜託別人如果可以的話，就給她們一些水。小時候，我經常在廚房門口的牆邊等她們，提著清水讓她們倒進桶子裡。我願意用我的碧眼洋娃娃來交換她們的木頭板凳。我當初真該這樣向她們提議，因為現在她們把木凳換成塑膠椅，它比較輕，沒有抽屜，沒辦法像木頭一樣記錄磨損的痕跡、滄桑的殘跡。麵攤小販走入現代，但肩上依舊挑著沉重的扁擔。

一條吐司麵包包裝袋的塑膠印痕，殘留在我們第一台烤麵包機的表面，擦也擦不掉。紅色和黃色的條狀痕跡，是波姆牌（Pom）的吐司袋。搬進我們的第一戶公寓時，我們在格蘭比的教父們把烤麵包機列在必買生活用品的第一順位。多年期間，我們每次搬家都帶著它，但從來沒用過，因為我們早餐吃的是白飯、熱湯、前一夜的剩菜。漸漸地，我們開始吃起米香麥片，但不加牛奶。我的弟弟們接下來開始吃烤吐司與果醬。二十年來，我最小的弟弟每天早上都吃兩片烤吐司，抹奶油和草莓果醬，無論他人在紐約、新德里、莫斯科或西貢，都沒有一天例外。他的越南女傭曾試圖改變他的習慣，在早餐時間端上熱騰騰的糯米飯糰，上面灑滿剛削的新鮮椰子粉、烤芝麻、用石臼搗碎的花生，或是熱火腿長棍麵包，抹上特製美乃滋、鴨肝肉醬，再點綴一根香菜……他總斷然拒絕，然後回去拿他冰在冷凍庫裡的吐司麵包。上次去他家時，我發現他還留著我們家那台有印痕的烤麵包機，收在我從此不再噴灑別的香水，只使用這瓶在紀優要求之下，由巴黎調香師為我配製的香氛。它取代了柏昂絲，它替我表達自我，提醒我：自己存在於世。我有一個室友，她研讀了好幾年的神學、考古學和天文學，想理解是誰創造了我們，而我們又是誰、為何存在。每天晚上，她回到大家分租的公寓時，帶回來的不是解答，而是更多新的疑問。而我，我一向只有一個疑問，就是我什麼時候可以去死。我早應該在孩子出生之前選擇這個時間點，因為自從有了小孩之後，我就失去了死亡這個選項。他們的頭髮在陽光下曬燙的微酸氣息；他們夜半做惡夢驚醒時，背後的汗味；他們放學時，雙手散發的塵土味道……這一切，都強制我必須活下去，讓我不得不因為他們睫毛的影子而目眩神迷、被一片雪花感動、因他們臉頰上的一滴淚珠而驚慌動搖。過去如此，現在也是。孩子們給了我一種專屬於我的能力，我能夠吹吹傷口讓疼痛消失，能夠理解沒說出口的話語，能夠一手壟斷全世界的真理，能夠化身為神仙精靈。一個醉心於他們身上氣味的精靈。

懷特醉心於越南長襖，因為它使女性的身形顯得纖美脆弱、浪漫無比。有一天，他帶我造訪一幢偌大的別墅，從前的庭園現在蓋了一排又一排的小店，別墅藏身在店鋪後面，裡面住了一對年邁的姊妹，她們安安穩穩將自己的家具賣給收藏家，換取生活費。懷特是她們最忠實的顧客，因此我們獲邀坐上羅漢床，偌大的桃花心木床，和我祖父的床很像。我們將頭擱上陶瓷靠枕，從前的人都倚在上面抽鴉片。屋主為我們端來一壺茶，以及糖漬薑片。當她彎腰將杯子擱在我和懷特之間的時候，一陣微風掀起她的長襖下襬。儘管已是花甲之年，她那件長襖散發出來的性感風姿，依舊觸動我們。裸露出來的肌膚只有一平方公分，它毫不在意歲月的無情，仍能使人傾倒。懷特說，那塊小小的空間就是他的金三角、他的幸福之島、他的越南。他邊喝茶邊輕聲用英語對我說：「它觸動我的靈魂。」

北方的士兵抵達西貢時，也被這塊小小的三角形肌膚惹得心煩意亂。高中放學時，女學生們身穿白色長襖，像春日蝴蝶翩翩湧出校門，看得士兵們心神不寧。於是他們禁止女性穿著長襖。另一個原因是這樣的服飾玷汙了那些頭戴綠色軍帽的女性們的英雄形象。每個街角都能看見描繪這些巾幗英雄的大型看板，她們身穿卡其色襯衫，捲起袖子，露出肌肉結實的手臂。他們確實應該禁止這些長襖。扣好一件長襖的所有鈕扣，需要的時間，比脫掉的時間多出三倍。只需猛力一扯，就能解開所有按壓式鈕扣。我外婆不只要花三倍時間，而是耗費十倍時間，才能將長襖穿上身。歷經十次生產之後，必須用束身衣的三十個小鉤雕塑她的身體、重繪她的曲線，才不致違背長襖的貼身剪裁。它的靦腆實則虛偽，它的率真其實只是障眼法。

住在河內時，我對面的鄰居也同樣每早誦經，她從日出開始唸，持續好幾個小時。和我外婆不同的地方是，這位鄰居房裡的竹窗正對街道。她的誦經聲，還有不斷敲木魚的規律聲響，蔓延了整個社區。一開始我很想搬家，或是上法院告她，我甚至想偷走她的鐘，把它碎屍萬段。但過了幾週之後，我不再咒罵這位鄰居，因為外婆的回憶開始縈繞我心。

陷入動盪的最初幾年，我外婆有時會去廟裡避一避。她極度渴求能夠躲起來，竟然因此答應讓七姨載她過去。七姨不會騎摩托車，因為沒人教過她，更因為她平常不准出門。但自從她的人生與大家的人生發生結構性的變革之後，規則便改寫了。家族成員離散之後，七姨獲得某種程度的自由，也得到機會成長。她就是在這種情況之下，發動院子裡僅存的唯一一台輕便摩托車。這是外婆生平第一次跨坐在這種交通工具上。七姨就這樣騎了起來，騎啊騎，沒有減速，也沒停下來等紅燈。後來她告訴我，那時候，她一看到號誌燈，就閉上眼睛。外婆則將雙手搭在七姨肩上，求佛保佑。

我很希望七姨也能向我說說她在修女那兒生產的事。我不知道七姨曉不曉得，四姨的養子其實是她的兒子。我不知道自己是怎麼得知這件事的。或許因為小孩會隔著鑰匙孔偷聽門內對話，而大人們並未察覺。不然就是因為大人有時不會注意到小孩子在旁邊。父母不需要注意他們的小孩，監督小孩是保姆的工作。但父母有時會忘記保姆還是少女，她們和他們一樣，也有自己的欲望，喜歡吸引司機的目光、讓裁縫師傅對她們微笑；她們喜歡看著鏡中的自己，做片刻的夢，幻想自己隸屬於鏡中場景。

我一直都有保姆，但她們有時會忘記我。這些保姆我一個都不記得了，儘管我常在童年的照片裡看見她們出現在某個角落，超出框外。

我經常詢問那些來亞洲購買一夜情的外國人，為什麼一夜激情過後，到了隔天，他們總堅持和他們的越南情婦或泰國情婦一起吃飯。與其讓他們花錢請她們吃飯，她們應該比較想直接收到等值的現金，用來買鞋子給她們的母親、買新的床墊給父親，或是將弟弟送去學英文。為什麼希望她們在下床之後繼續陪伴他們，明明她們懂的英語字彙很少，無法在公共場合交談？他們回答我說，我什麼都不懂。他們之所以需要這些年輕女子，完全是因為其他原因。她們的存在，是為了讓他們再度青春。當他們看著這些年輕女子時，會覺得自己仍青春，懷抱滿腹夢想，擁有各式各樣的可能性。她們給他們一種錯覺，彷彿他們還沒搞砸自己的人生；不然的話，她們至少也給了他們重新來過的力量與欲望。如果沒有她們的話，他們只會覺得幻滅、哀淒，悲傷自己從未好好去愛，也沒被好好愛過。他們對人生幻滅，因為金錢並未帶給他們幸福，唯有在這些國家除外。在這裡，他們能用五美金購得一

小時的幸福，或至少是一小時的溫情、陪伴、關注。只要五美金，就有一個女孩子陪他們喝咖啡或啤酒，她化著一臉拙劣的妝，會因為他們把越南語的「胡椒」講成「小便」而放聲大笑。這兩個詞只有聲調不同，不熟悉這語言的人，幾乎聽不出差異。單純的聲調，單純的幸福時光。

當我在蒙特婁或其他地方看見那些故意傷害自己的年輕女生，看見她們特地在皮膚上劃下永不消逝的傷疤，我總偷偷希望她們能遇見另外那些女生，她們身上也有永久的傷痕，但那傷口太深，肉眼無法看見。我真想讓她們面對面，聽她們比較自願渴求的傷痕和被迫承受的傷痕之間有何不同，一邊是付出的代價，另一邊是等人支付的價格，一邊是可見的，另一邊難以識破，一邊是敏感表皮，另一邊深不可測，一邊繪痕可見，另一邊則沒有固定形狀。

七姨肚子下方也有一條傷痕，是她一次脫逃留下的痕跡。她溜進巷弄的迷宮中，混進人群，身邊充斥賣冰的小販們、兜售拖鞋的販子們、無理取鬧的鄰居們、滿腔怒火的女人們、正在勃起的男人們。這些男人當中，哪一個是她孩子的爹？沒人敢問七姨這個問題，因為妊娠期間必須騙她，這樣才能保護她，並讓她穿上飛鳥修道院的修女服來遮掩肚子。修女們叫她喬瑟特，還畫虛線教她寫這個名字。喬瑟特從來不知道自己變胖的原因，也不知道為什麼有一天，從一場深深的睡眠中甦醒之後，她就變瘦了。她只知道，四姨的養子一旦可以逃出家門，就和她一樣離家出走。他來回穿梭於同樣的巷弄中，用光速奔跑，手裡拎著他的拖鞋，讓雙腳感受瀝青的熱度、糞便的質地、玻璃瓶碎片的銳利。整個孩提時期，他都在奔跑。而在他整個童年期間，我們這些大人小孩，每個月都得出動十人、十五人，有時甚至二十人，搜遍鄰里找他。有天，我們空手而回，僕人和鄰居們也都一樣。他從我們的

我喜極而泣，牽起兩個兒子的手，但我也悲傷哭泣，悲傷另一位越南母親目睹自己的兒子被槍決。她年幼的兒子，死前一小時還在奔跑，他的頭髮在風中飛揚，他穿越一片又一片稻田，把訊息從一個男人那兒送到另一個男人的地方，從一個人手上送到另一個人的手上，從一個祕密基地送到另一個，幫忙籌劃革命、策動反叛，但有時也只為了送一封單純的情書。

這名年幼的孩子跑啊跑啊，他的童年就在他的腿上。他並不真的知道，被敵軍的士兵抓到有多危險。他才六歲，或七歲。他還不會閱讀。他只懂得將別人交給他的紙條緊緊握在手裡。然而，被抓之後，他站在那些瞄準他的步槍前面，再也不記得自己奔馳的目的地是哪裡，也忘了收信人的名字，還有確切的出發地點。他慌得說不出話。士兵們殺了他。他柔弱的身體倒在地上，士兵們嚼著口香糖走遠。孩子的母親沿著他剛留下的腳印，從稻田另一側奔跑過來。儘管槍聲撕裂空間，風景依舊是同一片風景。細嫩的稻苗仍舊在風中搖擺，對眼前的野蠻暴行無動於衷。愛太深、痛太沉，使得這位母親拿一塊舊草蓆收拾兒子陷入淤泥的屍身時，流不出淚，也沒有尖叫。這一切，稻苗盡是冷冷面對。

用肉眼看見那疤痕。然而，他只需用手指掠過我放肆裸露的疤，並用另一隻手拾起我的手指按上那條龍的背部，我們便立即共享一段心照不宣、情感交流的時光。

當我的大家族聚在紐約郊區歡慶外婆八十五歲大壽時，那同樣是一段情感交流的時光。我們總共三十八個人，整整兩天聚在一起閒聊、嬉笑、發怒，無止無歇。那時，我首度發現自己和六姨一樣，有一雙圓鼓鼓的大腿，而我身上穿的洋裝，和八姨的洋裝很相似。

八姨就像我的大姊，她曾和我分享她聽見「女神」一詞時的顫慄，那時她瞞著我媽，坐在腳踏車的前槓上，騎車的男子用雙臂環住她，在她耳邊輕吐這個詞。她也教我如何品嚐萍水相逢的慾望快感、領略曇花一現的殷勤奉承、享受一段偷來的時光。

當我的表姊紹梅坐到我後面，用雙臂環繞我，讓她的兩個兒子拍照留念時，九舅對我微笑。九舅比我更了解我自己，因為我收到的第一本小說、第一張戲票、第一次參觀美術館、第一次旅行，都是他送的禮物。

三十年後，紹梅如浴火鳳凰自灰燼中重生，如同越南自鐵幕中復甦，如同我父母從學校廁所的打掃工作中重新站起來。所有曾在我生命中現身的人物，無論是獨力振作抑或一同奮鬥，他們全都甩開背後累積的汙垢，振翅高飛，展開紅色鑲金的羽翼，神采奕奕飛向浩瀚藍天，點綴我的孩子眼中的天空，向他們展示地平線背後總有另一道地平線，而新的地平線後面必定又藏著另一道地平線，環環不絕，直至無盡，直到見證不可言喻的新生之美，直到因為難以覺察的欣喜而陶醉。而我，這一道又一道的地平線一路延伸，直到這本書成為可能，直到此刻我的字句掠過您雙脣的曲線，直到這些白色的紙頁容許我寫下字跡，抑或並非字跡，而是前人的軌跡，他們走在我的前方，為了我而前行。我沿著他們的腳印邁進，恍如置身一場清醒的夢，在這夢中，芍藥綻放的香氣不只是一種氣味，而是繁榮喜樂；在這夢中，一片秋日楓葉的深邃紅色，不只是一種顏色，而是一種恩澤；在這夢中，一個國家不只是一個地點，而是一座搖籃。

藍小說 336

搖籃曲

作者—金翠（Kim Thúy）
譯者—周桂音
主編—何秉修
校對—阮美香、魏秋綢
企劃—陳玉笈
封面設計—張珈釩
總編輯—胡金倫
董事長—趙政岷
出版者—時報文化出版企業股份有限公司
一〇八〇一九台北市和平西路三段二四〇號七樓
發行專線—（〇二）二三〇六六八四二
讀者服務專線—〇八〇〇二三一七〇五
（〇二）二三〇四七一〇三
讀者服務傳真—（〇二）二三〇四六八五八
郵撥—一九三四四七二四時報文化出版公司
信箱—一〇八九九臺北華江橋郵局第九九信箱
時報悅讀網—http://www.readingtimes.com.tw
時報文化臉書—https://www.facebook.com/readingtimes.fans
法律顧問—理律法律事務所　陳長文律師、李念祖律師
印刷—家佑印刷有限公司
初版一刷—二〇二三年一月十三日
定價—新台幣三〇〇元

時報文化出版公司成立於一九七五年，
並於一九九九年股票上櫃公開發行，二〇〇八年脫離中時集團非屬旺中，
以「尊重智慧與創意的文化事業」為信念。

搖籃曲 / 金翠著 ; 周桂音譯 . -- 初版 . -- 臺北市 :
時報文化出版企業股份有限公司 , 2023.01
面 ;　公分 . -- (藍小說 ; 336)
譯自 : Ru
ISBN 978-626-353-277-9(平裝)

885.357　　111020350

Original title: RU

First published in French (Canada) by Libre Expression, 2009
Complex Chinese language edition published in agreement with Groupe Librex Inc., through The Grayhawk Agency.

ISBN 978-626-353-277-9
Printed in Taiwan